LES ERREURS QUE TU COMMETS

MADDISON KINGS UNIVERSITÉ

TRACY LORRAINE

CHAPITRE UN

Letty

« Pour mémoire, je pense que c'est une très mauvaise idée, » gémit Harley, ma petite sœur, depuis le siège passager.

« Tout ira bien, » je réponds, les dents serrées. Ce n'est pas la première fois qu'elle me dit des mots comme ceux-là, et j'en ai marre de les entendre.

Elle se fout de ma réponse et croise les bras sur sa poitrine.

Je sais qu'elle ne veut pas être ici. Je sais qu'elle ne veut pas aller à cette fête.

« Je te l'ai dit, tu pouvais rester chez Papa. »

« Et te laisser seule ? Nan, je ne pense pas. »

« Je n'ai pas besoin que ma petite sœur m'accompagne pour me chaperonner. »

Elle tourne ses yeux plissés vers moi.

« Il ne sera pas là, » je lui assure pour la millionième fois.

« C'est une fête à Harrow Creek. Ils seront là, » elle me met en garde.

Mon estomac se retourne et je me bats pour garder une expression neutre sur le visage.

« On m'a assuré que non. Et s'ils viennent, on fera en sorte de sortir en douce. »

Les yeux de Harley me brûlent le côté du visage, mais je refuse de la regarder et je garde les yeux rivés sur la route alors que nous nous dirigeons vers la maison de Skylar.

C'est le week-end de son anniversaire et ses parents lui ont bêtement laissé la maison. Ils pensent qu'elle va passer une soirée tranquille entre copines. Ils n'ont aucune idée que presque tous les jeunes de Harrow Creek sont sur le point d'arriver chez eux.

Je ne suis pas revenue ici pour voir notre père ou mes vieux amis depuis des mois, et je suis désespérée de redécouvrir l'ancienne moi.

Ce n'est un secret pour personne que je déteste cet endroit, mais malheureusement, lorsque Maman nous a fait recommencer notre vie dans la ville voisine de Rosewood, nous avons été obligés de laisser derrière nous certains de ceux que nous aimions—principalement notre père, qui, pour je ne sais quelle raison, n'a pas voulu quitter sa caravane bien-aimée et son trou à rat.

Le genou de Harley continue de rebondir nerveusement sur le siège passager alors que nous roulons dans la rue bordée de voitures, nous montrant que la fête de ce soir a déjà commencé depuis longtemps.

Je finis par trouver une place pour me

garer et je coupe le moteur, mais je ne me précipite pas pour sortir.

Des papillons virevoltent dans mon ventre alors que toutes les inquiétudes dont elle m'a fait part concernant cette soirée remontent à la surface.

J'ai besoin de croire ce que mes amis me disent et que je pourrai profiter de ma soirée sans surveiller mes arrières en restant sur le qui-vive, prête à m'enfuir à tout moment. Mais Harley a raison, les chances qu'il soit ici sont élevées, et ma décision de vouloir passer une soirée normale avec mes vieux amis pourrait être l'une des plus grosses erreurs que je n'aie jamais commises.

« Il n'est pas trop tard pour faire demi-tour. On pourrait commander une pizza, regarder un film, » propose-t-elle.

Je sais qu'elle s'en fiche un peu de cette fête. Elle n'avait que treize ans lorsque nous avons quitté cet endroit, c'était plus facile pour elle de quitter ses amis et de recommencer à zéro. Mais, de mon côté, à seize ans, je quittais des amis de longue date. Des amis que je ne voulais pas laisser derrière moi.

Je baisse les yeux sur ma petite robe noire et inspire profondément.

« Non. Nous allons profiter de notre soirée. »

Il a suffisamment gâché ma vie dans le passé. Je suis adulte maintenant. Je suis étudiante. Je ne devrais pas avoir peur du garçon qui a essayé de faire de ma vie un enfer.

« OK, » concède Harley, en tirant la poignée et en ouvrant la porte d'un coup d'épaule.

Une seconde plus tard, je la suis. Je verrouille les portes de la voiture et je lisse le devant de ma robe.

Je me sens bien dans ma peau, et je n'ai pas besoin des regards de quelques-uns des gars qui traînent devant la maison de Skylar pour me dire que je suis belle. La robe que je porte épouse mes formes et me va comme un gant, mes cheveux sont lisses et retombent sur mes épaules, mon maquillage est sombre et accentue mes yeux noirs tachetés d'or.

Je resserre un peu ma veste en cuir sur moi alors que je rattrape Harley sur le trottoir.

« Prête à faire la fête, petite sœur ? »

Elle me jette un coup d'œil, l'inquiétude toujours évidente dans son regard, mais elle fait en sorte de la masquer et me sourit. Elle a seize ans maintenant, beaucoup diraient qu'elle est probablement trop jeune pour le genre de soirée de débauche qui sévit sous le toit de la maison en face de nous. Mais nous sommes des enfants de Creek. Nous avons grandi là-dedans. Elle a déjà vu pire que ce que cette soirée augure. Bon sang, quand j'avais seize ans, je faisais déjà plein de conneries et je ne veux même pas envisager que Harley soit capable de faire le même genre de conneries.

En secouant la tête pour refouler mes regrets, je prends sa main dans la mienne et ensemble nous nous frayons un chemin à travers la foule pour retrouver Skylar et mon ancien groupe d'amis.

La musique résonne des haut-parleurs que quelqu'un a installés dans le salon, en faisant vibrer le sol alors que nous traversons la cuisine.

« Tiens, » dis-je en tendant à Harley un gobelet de vodka orange pas trop forte. La mienne, en revanche, est plus forte. La perspective de me frotter à l'ennemi m'oblige à ajouter un peu d'alcool pour m'aider à calmer ma nervosité.

J'en bois la moitié en une seule fois, en me délectant de la brûlure alors que la vodka glisse dans ma gorge et commence à réchauffer mon ventre.

Mes muscles se tendent et me disent de rejoindre la foule qui, je le sais, sera devant les haut-parleurs en train de se lâcher.

La fac est géniale. New York est fantastique mais quand même, rien n'est comparable à une soirée à Creek.

« Allez, je sais où ils sont. » Je reprends la main de Harley et nous nous frayons un chemin à travers la foule vers le salon.

La plupart de ceux que nous croisons nous prêtent peu d'attention lorsque nous passons, mais quelques-uns nous reconnaissent et hochent la tête ou sourient pour nous saluer.

À une certaine époque, tout le monde serait venu nous parler, mais nous avons renoncé à ce droit lorsque nous avons emballé toutes no s affaires et avons déménagé.

Nous sommes des étrangères maintenant, et je le ressens de plus en plus à chaque fois que je reviens ici.

Je vois un bout de tête de blonde de l'autre côté du salon qui a été transformé en piste de danse de fortune pour la soirée, et je me dirige dans cette direction.

« Letty, » couine Skylar à la seconde où elle me voit, elle s'éloigne du gars avec qui elle dansait et jette ses bras autour de mes épaules. « C'est si bon de te voir. » Sa voix qui bafouille indique à quel point elle a déjà bu, et quand elle recule, je remarque que ses yeux sont explosés.

« Pareil, Sky. Ça faisait beaucoup trop longtemps. Joyeux anniversaire. »

« Allez, laissez-moi vous présenter à tout le monde. » Elle passe ses doigts dans les miens et m'entraîne vers son groupe d'amis. Je connais la plupart d'entre eux de l'école, mais il y a quelques nouveaux, y compris le gars qui l'éloigne rapidement de moi et l'enveloppe dans ses bras.

La jalousie me brûle en voyant la façon dont il la regarde. Il y a tellement d'amour et d'adoration dans son regard que ça me fait mal au cœur.

« C'est Matt, » dit-elle, le bonheur transparaissant dans sa voix.

Je sais tout de lui. Nous en parlons régulièrement, il est son unique sujet de conversation en ce moment.

Entendre combien elle est heureuse ici est la seule chose qui me donne le mal du pays. Pas parce que Harrow Creek me manque, mais ceux que j'aime.

« Sky m'a dit que tu es à Columbia. Impressionnant. »

« M-merci, » je bégaie. « C'est plutôt génial. »

Aller à l'université—en particulier dans une fac comme Columbia—fait de moi une exception par rapport à ceux avec qui j'ai grandi. Seuls quelques-uns de Creek ont la chance d'entrer à l'université, la plupart n'obtiennent même pas leur diplôme. Et s'ils l'obtiennent, ils finissent généralement à Harrow Community College, où se trouvent Sky et Matt. Quelques chanceux s'en sortent, j'en connais une poignée qui sont à Maddison Kings—l'université la plus proche de Creek—

mais cela a plus à voir avec les pistons qu'avec les compétences.

« J'imagine que revenir ici après New York, ça craint, » marmonne Sky.

« Non, c'est chez moi. »

Est-ce la vérité ? Cet endroit est un enfer. S'il n'y avait pas eu Papa ou les quelques amis que j'ai encore d'ici, alors je ne serais jamais revenue.

Cet endroit est déprimant.

« Comment c'est la fac ? »

« C'est bien. C'est Harrow College, on ne peut pas rêver mieux, » plaisante-t-elle.

Sky a toujours eu l'ambition de partir de Creek comme moi. Seulement sa vie et ses projets ne se sont pas tout à fait déroulés comme les miens.

Je dois vraiment remercier ma mère pour tout ça. Si nous étions restés là, toujours dans la vieille caravane humide de Papa, alors je doute avoir jamais eu la chance d'entrer dans une université comme Columbia. Je serais sans aucun doute dans une fac publique et ça me plairait autant que le visage de Sky semble le montrer.

« Je vais aller vous chercher plus de trucs

à boire, les filles. » Matt fait un signe de tête à Harley qui se tenait à côté de moi en écoutant cette conversation avec un air gêné comme si elle y participait.

« Bébé Hunter, comment ça va ? » demande Sky. « Bry est quelque part par là. » Elle cherche son petit frère, mais avec le nombre de personnes qui remplissent sa maison, il n'est pas surprenant qu'elle n'arrive pas à le repérer.

« Je suis sûre que j'aurai le temps de discuter avec lui. Joyeux anniversaire. »

« Merci, ma belle. »

Matt réapparaît rapidement avec des boissons très fortes et après quelques minutes, la musique de Flo Rida explose des enceintes et nous oublions notre conversation où nous échangions en criant et nous nous mettons à bouger en rythme.

Matt ramène les fesses de Sky contre son entrejambe et ils bougent ensemble de manière parfaitement synchronisée pendant que je danse avec Harley.

« Tu dois ralentir un peu, » je la préviens. Nous n'avons bu que quelques verres mais ses yeux semblent déjà devenir un peu vitreux.

« C'est bon. Profite, c'est tout. »

« Je sais que tu es tendue, mais ça va aller. » Discrètement, je regarde par-dessus son épaule, en ne me sentant pas aussi confiante que je le devrais.

Sky m'a assuré qu'il n'allait pas venir. Mais en regardant cette maison, je vois que presque tous les jeunes de Creek sont là. Pourquoi ne viendrait-il pas ?

En refoulant mon inquiétude grâce à une grande gorgée de vodka. Je porte toute mon attention sur la danse et le fait de profiter.

Je n'ai pas peur de lui. Et j'ai parfaitement le droit d'être ici pour l'anniversaire de mon amie.

Les chansons s'enchaînent jusqu'à ce que ma nuque soit couverte de sueur et que ma tête commence à tourner grâce à Matt qui nous apporte régulièrement des boissons, à moi et à l'héroïne du jour.

« Je dois aller pisser, » crie Harley dans mon oreille. « Je vais— »

« Je viens, » dis-je en glissant ma main dans la sienne.

« Je n'ai pas besoin d'une baby-sitter, » dit-elle sèchement.

« Je suis au courant. » C'est peut-être ma petite sœur, mais nous sommes tous des enfants de Creek. Peu importe notre âge, nous savons prendre soin de nous et ce genre de soirées endiablées n'est pas nouveau pour nous. « Je dois y aller aussi. »

Nous laissons nos gobelets vides dans la cuisine avant de nous diriger vers les toilettes à l'étage dans l'espoir qu'il y ait moins de queue.

Ce n'est pas le cas.

« Argh, » se plaint Harley quand elle en voit la longueur de la file. « Une bonne chose concernant les maisons à Rosewood... le nombre de toilettes. »

Elle n'a pas tort. Tout ce qu'il y a dans nos vies à Rosewood—la ville la plus riche du coin—est à mille lieux de cet endroit.

« Sky semble heureuse, » dit Harley, en changeant de sujet. La plupart des gens nous regardent comme si nous n'étions pas à notre place ici, évidemment ce n'était vraiment pas la peine de discuter des différences entre cette ville de merde et notre nouvelle ville devant tout le monde.

Heureusement, la queue se fait assez rapidement, et peu de temps après, nous sommes de retour avec Sky avec des nouvelles boissons et Bry dans le sillage lorsque Harley l'a littéralement heurté sur le chemin de la cuisine.

Il lui sourit comme si elle était la chose la plus incroyable qu'il ait jamais vue. Ce n'est un secret pour personne, le petit frère de Sky a toujours eu le béguin pour ma petite sœur. Malheureusement, les sentiments ne sont pas réciproques et Harley l'a mis dans la friend zone il y a bien longtemps.

Mais grâce à la vodka qui coule dans ses veines, elle lui laisse sans problème la tirer contre son corps pour danser ensemble.

J'occulte le fait que personne ne se soit précipité pour danser avec moi et refoule immédiatement mes pensées qui se tournent vers une personne en particulier. Il ne viendra pas ici ce soir, que ce soit en personne ou dans mon imagination.

Je bois mon verre et me concentre sur la musique.

Je partirai d'ici demain après-midi et je retournerai à New York. Je peux mettre cet endroit, tous mes souvenirs et mes erreurs derrière moi et continuer ma nouvelle vie comme si cette petite visite n'avait jamais eu lieu.

Nous sommes toujours en train de danser quand des mecs arrivent sur Matt, l'un d'eux me fixe immédiatement. Je ne l'ai jamais vu auparavant, ce qui est inhabituel pour un endroit comme Creek. Peut-être qu'il a eu la malchance de déménager ici.

« Salut, beauté, » dit-il en me prenant la main et en portant mes articulations à ses lèvres.

Ouais, il n'est définitivement pas d'ici.

« Salut. »

Mon corps se réchauffe alors qu'il me mate clairement, ses yeux s'attardant sur ma poitrine un peu plus longtemps que ce qui devrait être autorisé pour un étranger.

« Danse avec moi, beauté. »

Il n'attend pas que j'accepte et se presse contre mon corps. À ce moment-là, son haleine alcoolisée pénètre dans mes narines et je comprends mieux son audace.

Son corps brûle contre le mien et je fais fi de toute prudence et fais glisser ma main libre le long de son torse et l'enroule autour de sa nuque alors que nos hanches bougent ensemble.

« Ouah, quelqu'un sait y faire, » dit-il à mon oreille alors que ses mains se posent sur ma taille. Sa voix est si basse et rauque qu'elle m'envoie des frissons dans tout le corps, en faisant exploser de la chaleur dans mon ventre.

Avec son parfum épicé et sa chaleur qui m'entourent, je me perds en lui. À tel point que je ne remarque pas que quelque chose a changé jusqu'à ce que Harley me tape sur l'épaule, en me tirant de ma propre ivresse.

« Quoi ? », je lui dis sèchement, énervée qu'elle me ramène à la réalité.

Elle fait un signe du menton vers l'autre côté de la pièce. « Les jumeaux Harris viennent d'entrer. »

Mon estomac se noue.

« Il me l'a dit lui-même. Il ne vient pas. Il a d'autres projets. » Les mots de Sky quand elle m'a invitée à cette fête me reviennent à l'esprit.

Ma bouche s'assèche alors que je les regarde s'avancer dans la pièce et regarder autour d'eux comme s'ils étaient les propriétaires des lieux. Je me bats pour déglutir et paraître imperturbable face à leur arrivée.

Et ben quoi, ils sont là, d'accord. Mais ça ne veut pas dire qu'il est là.

« Est-ce que ça va ? », me chuchote le gars à l'oreille.

« Umm... » Contrairement au moment où nous avons commencé à danser, mon corps ne réagit pas à sa proximité ou à sa respiration qui s'emballe sur mon cou.

Je suis paralysée.

Paralysée et effrayée. Même si je ne l'admettrai jamais.

CHAPITRE DEUX

Kane

« **J**e croyais que tu avais dit que nous n'y allions pas ce soir ? », demande Ezra depuis le siège passager de ma Skyline.

« Nous n'y allons pas, » je crache, en ne voulant pas m'expliquer.

« Et pourtant, nous sommes là, » dit-il d'un air songeur en fixant la maison de Skylar Marshall.

Je lui jette un coup d'œil et tout ce qu'il peut lire sur mon visage le fait taire instantanément. Il lève les mains en signe de reddition et s'affaisse sur son siège en regardant quelques filles dans l'allée. L'une d'elles est penchée en train de vomir pendant que ses amies l'aident, en s'exhibant en même temps avec leurs jupes courtes devant tous ceux qui regardent dans leur direction.

Ezra écarte les jambes et tire sur son jean.

« Tu es un putain de chien, » je marmonne.

« Quoi ? Ne me dis pas que ça ne te tente pas. Celle-là— » Il pointe son doigt vers la fenêtre. « Ne porte même pas de culotte. Je pourrais gliss—Aïe, » se plaint-il alors que son jumeau se penche vers lui de la banquette arrière et le gifle à l'arrière de la tête.

Mon portable vibre dans ma poche et je les oublie tous les deux ainsi que la chatte devant nous et ouvre le message.

Devin : Confirmé.

« Allons-y, » je dis en coupant le moteur et en ouvrant la portière avec un coup d'épaule.

Dès que mon pied touche le sol, Kyle, mon petit frère, arrive derrière moi. Ses yeux trouvent les miens mais ils ne font pas le focus, à cause de la bière que je lui ai donnée tout à l'heure.

C'était soit ça, soit trouver un moyen pour se débarrasser de lui pour la soirée, et je savais que cela n'arriverait pas après avoir découvert qui allait assister à cette fête.

« Tu vas être sage ce soir, petit frère ? », je demande, en lui attrapant la tête et en lui ébouriffant les cheveux.

« Hé, » se plaint-il, en essayant de me repousser.

Les portes de la voiture claquent alors que les jumeaux sortent de ma voiture et que le reste de nos gars sortent des autres voitures garées dans la rue.

Je fais un signe de tête à Reid et Gray et les deux se dirigent vers la maison, les autres gars à leurs trousses.

Je n'ai pas vraiment eu besoin de les convaincre de venir ici ce soir, le moindre prétexte pour faire autre chose et se faire de l'argent, et ils sont là.

Ezra me regarde par-dessus le capot de la voiture, l'inquiétude se lisant dans ses yeux, un peu comme dans ceux de Kyle tout à l'heure mais je l'ignore.

Je sais ce qu'ils pensent. Bon sang, ils ont probablement raison de s'inquiéter, mais c'est la première occasion que j'ai depuis des mois et je ne vais pas la laisser passer parce qu'ils sont inquiets.

Ils connaissent peut-être des parties de l'histoire mais ils ne savent pas tout, ils ne savent pas jusqu'où va la trahison. Ils n'ont aucune idée d'à quel point mon envie de vengeance me ronge chaque jour qui passe.

Je les ai tous laissés partir en premier, plus qu'heureux de rester dans l'ombre jusqu'au moment idéal.

« Est-ce que tu es vraiment sûr— », commence Kyle.

« Entre dans cette putain de maison et trouve ta copine, frérot. Son frère n'est pas là. Tu as carte blanche ce soir. Profites-en au maximum, » je l'encourage, en en ayant marre qu'il bave devant une fille qu'il ne peut pas avoir.

Je le pousse en avant et il entre dans la maison juste derrière les jumeaux, sa tête se tordant d'un côté à l'autre pour trouver les filles que nous recherchons tous les deux.

Dès qu'il les repère, tout son corps sursaute et je sais qu'il les a vues. Je suis son regard dans le salon devant la masse de corps en train de danser au son des basses lourdes qui résonnent dans la maison.

Bingo.

Ses cheveux noirs remplissent mes yeux alors qu'elle regarde les jumeaux avec horreur.

Un sourire satisfait se dessine au coin de mes lèvres.

C'est bien de constater que le message comme quoi nous ne venions pas a été reçu cinq sur cinq.

Je me tiens dans l'ombre à l'abri des regards alors qu'elle regarde autour d'elle.

Mon cœur bat la chamade et mes poings se serrent. Peu importe que ses yeux soient écarquillés de peur. Mon envie de l'approcher me consume.

Et elle devrait avoir peur. Elle m'a échappé pendant assez longtemps.

Il est temps pour elle de payer pour ses erreurs. Il est grand temps.

« Allons prendre un verre, » dit Devin en s'approchant de moi et en me traînant presque jusqu'à la cuisine.

Il ouvre quelques bouteilles de bière pour nous et je descends la mienne à la seconde où il me la passe.

« Je t'ai dit que c'était une mauvaise idée, » me prévient-il.

« Et je t'ai dit de foutre ton nez hors de mes affaires, » je dis en bouillonnant.

Il lève les yeux au ciel et cela ne fait rien pour calmer la bête qui fait rage en moi.

Nous sommes amis depuis toujours, il devrait savoir maintenant que je fais ce que je veux, peu importe ce que lui, mon petit frère ou n'importe qui d'autre pense.

« Très bien, mais je veux qu'on se souvienne du fait que je t'ai prévenu que tu allais probablement faire une énorme erreur ce soir. »

« Peu importe, » je marmonne, en buvant une gorgée mais je suis déçu quand la bière coule dans ma gorge. Ce n'est pas assez fort et je sens que je vais avoir besoin de plus pour affronter la soirée.

Une tension palpable émane de moi alors

que nous restons là en silence. La musique continue de tambouriner et les fêtards vont et viennent. Tous nous regardent, avec une expression de méfiance sur le visage et puis ils finissent par disparaître.

Maintenant que nous sommes à l'intérieur, il n'y a aucune chance que le fait que nous soyons ici ne lui arrive pas aux oreilles.

Je dois juste m'assurer qu'elle ne fuira pas.

« Qu'est-ce que tu comptes faire ? » Devin s'enquiert.

Je souffle longuement, en jetant ma bouteille dans la poubelle de l'autre côté de la pièce avec un tir parfait.

Je hausse les épaules. « Je veux juste lui parler, » je mens.

« Conneries. Tu t'attends vraiment à ce que je croie ça après tout ce qui s'est passé ? »

« Je m'en fous de ce que tu crois, Dev. »

Il me regarde avec suspicion. Il a le droit. Il sait à quel point je déteste Scarlett Hunter et en dépit de ça, que je l'ai dans la peau.

Cela n'a jamais été censé se passer

comme ça entre nous. Mais elle a fait en sorte que cela se passe de cette façon.

C'est de sa faute si les choses sont parties en vrille.

Il fut un temps où je voulais la protéger. Maintenant, tout ce que j'ai envie de faire, c'est de lui faire du mal pour toute la douleur qu'elle m'a causée.

Quitter la ville a probablement été la meilleure chose qui lui soit arrivée, et pas seulement grâce aux opportunités qu'elle a pu avoir, mais grâce au fait qu'elle a réussi à m'échapper pendant presque trois ans.

« Ces Hunter sont sexy comme pas possible, mec, » dit Ezra, en nous rejoignant dans la cuisine.

Mes dents grincent en sachant qu'il a pris le temps de mieux la regarder que moi.

« Tu es censé la surveiller, » je dis les dents serrées.

« Ellis s'en occupe, mec. Je prends juste des trucs à boire. »

Il s'approche de moi et j'ai son t-shirt dans mes poings en quelques secondes. Ses yeux s'écarquillent de surprise pendant un instant, mais je suis sûr qu'un soupçon d'amusement les traverse.

Je me penche sur son visage, nos nez à seulement un souffle.

« Ne t'approche pas d'elle, putain, » je le préviens d'une voix basse et menaçante.

De tous mes potes, ce serait le seul à s'y risquer. C'est un putain de chien et il n'a aucune gêne ou moralité quand il s'agit de se taper une nana.

« Putain, frérot. J'ai compris. Les Hunter sont intouchables. Nous avons reçu ce message il y a une dizaine d'années. » Il lève les yeux au ciel comme si tout cela n'était qu'une grosse blague. Et malgré le fait que je veuille lui casser le nez pour avoir ouvert sa gueule, je le libère et le repousse.

Il trébuche et malheureusement pour moi, Ellis apparaît dans l'embrasure de la porte juste avant qu'il ne tombe au sol et rattrape son jumeau à la dernière seconde.

« C'est quoi ce bordel ? »

« Elle va bien ? », je demande à Ellis, en ignorant l'air renfrogné sur son visage.

« Euh... » Il regarde son frère et moi, tour à tour. « Ouais, elle danse avec ses amis. »

« Elle sait que nous sommes ici ? »

Il lève un sourcil comme pour dire : 'tous les enculés ont su que nous étions là dès que nous avons mis les pieds ici'. « Kyle est avec Harley. »

« Évidemment, » je ris. Ce mec crève d'envie de se taper bébé Hunter. Dommage qu'il agisse comme une gonzesse et qu'il ait peur de son grand frère, sinon il aurait pris les devants il y a des années.

« Tu vas laisser ça se produire ? » Devin demande derrière sa bouteille.

« Bien sûr. Mon problème n'est pas Harley. Kyle peut faire ce qu'il veut. »

En leur tournant le dos, je prends une autre bière et quitte la pièce en trombe.

Ils sont censés garder un œil sur elle pour qu'elle ne s'échappe pas, mais ils semblent que nous ne soyons pas sur la même longueur d'onde.

Ils ne comprennent pas, je le sais. Mais ils doivent écouter.

Les avertissements qu'ils m'ont donnés tombent dans l'oreille d'un sourd.

Alors qu'ils ont peut-être envie de laisser tomber. Je ne le ferai pas.

Elle m'a baisé une fois de trop et il est temps qu'elle paie.

Je me glisse dans le salon. J'aurais envie de penser que je passe inaperçu, mais je suis Kane putain de Legend, rien de ce que je fais à Harrow Creek ne passe inaperçu. Tous les yeux suivent chacun de mes mouvements.

Je fais un signe tête à quelques gars pendant que leurs filles me matent ouvertement lorsque je passe. Mais peu importe à quel point elles sont belles, elles ne m'intéressent pas.

Je n'ai qu'une seule femme dans ma ligne de mire ce soir.

J'arrive enfin dans un endroit où je peux rester caché tout en la regardant—exactement ce que mes potes auraient dû faire—et je lève les yeux. Je trouve instantanément Harley et Kyle qui sont en train de rire et de danser ensemble. Je lève les yeux au ciel devant le sourire niais de Kyle et éloigne mon regard, plus intéressé par la sœur aînée des Hunter.

Mais elle est partie.

« Putain, » je soupire, en balayant la pièce des yeux, en cherchant à apercevoir ses cheveux noirs.

En sachant qu'elle n'aurait pas laissé Harley toute seule avec ces prédateurs, je marche dans la maison, plus que prêt à passer à l'action.

L'attente aura été longue.

CHAPITRE TROIS

Letty

Mon cœur bat la chamade alors que je traverse la maison pour trouver un endroit où reprendre mon souffle.

Mes mains tremblent alors que je fais à nouveau la queue devant les toilettes de l'étage.

« Putain, » je marmonne, en marchant jusqu'au bout du couloir et en passant la porte de la chambre des parents de Sky. C'est interdit d'entrer ici ce soir et tout le monde le sait—même si tout le monde risque de s'en foutre.

La pièce est toujours vide et intacte quand je me dirige vers la salle de bain privative de l'autre côté.

Je ferme la porte et la verrouille derrière moi, en inspirant une bouffée d'air en tournant le dos à la porte.

« Ce n'est pas vrai, » je murmure en moi-même. Cela dit, je ne sais pas pourquoi je suis si surprise, ou pourquoi j'ai cru Sky quand elle a dit qu'il ne viendrait pas.

Je ne pense pas qu'elle m'ait menti. Notre amitié n'est peut-être plus ce qu'elle était autrefois, mais elle ne me ferait pas sciemment du mal, ou ne me livrerait pas volontairement à lui.

Les basses de la musique qui vient d'en bas font vibrer le sol.

Mon portable brûle dans mon sac à main. Ce serait si facile d'envoyer un message à Harley et de foutre le camp d'ici, de préférence avant de le voir.

Mais pourquoi devrais-je m'enfuir ? Je n'ai rien fait de mal.

Je souffle lentement, en essayant de me ressaisir, de repousser la brume que la vodka fait flotter autour de moi et de prendre une décision sensée.

Je fais mon truc, sors mon rouge à lèvres de mon sac à main et remets du rouge foncé sur mes lèvres, en espérant que c'est toute l'armure dont j'aurai besoin ce soir.

Peut-être que je fais toute une histoire de pas grand-chose. Peut-être qu'il n'a même pas envie de me voir. Peut-être qu'il ne sait même pas que je suis ici.

Continue de te mentir, Letty. Cela n'améliorera pas les choses.

« Putain de merde. »

Je regarde mon reflet dans le miroir en lissant mes cheveux.

Ma peau est toute rouge à force d'avoir dansé. Je repense au gars que j'ai laissé derrière moi quand mon envie de fuir a eu raison de moi.

Il a l'air d'être un mec sympa, et il sait clairement bien bouger.

Je devrais redescendre, enfoncer Kane Legend dans un coffre dans un coin de ma tête et y mettre toutes les choses que je n'ai pas envie d'avoir à gérer, et me concentrer sur lui, quel que soit son nom. C'est peut-être par-là que je devrais commencer.

Avec une confiance retrouvée, j'ouvre la porte et sors de la chambre dans laquelle je n'aurais jamais dû être.

À la seconde où je sors, un frisson me parcourt l'échine et je me souviens de toutes les raisons pour lesquelles j'ai couru vers la sécurité de cette pièce.

Je garde la tête baissée, en ne voulant pas admettre que son seul regard suffit à m'affecter mais alors que j'arrive aux escaliers, je suis obligée de m'écarter quand un couple ivre chancèle vers moi, enfermé dans un baiser passionné et je regarde bêtement par-dessus la rampe.

Je sursaute à la seconde où mes yeux se posent sur ses yeux bleus et mon estomac se retourne.

Tout autour de moi, les gens, la musique, l'agitation, tout s'évanouit alors que la tension crépite entre nous.

Mes mains tremblent et ma bouche s'assèche alors qu'il me prend au piège dans son regard.

Mon cœur bat la chamade et mon envie

d'attraper Harley et de m'enfuir prend presque le dessus quand ses yeux se plissent en signe de menace.

Cela aura pris du temps, vu que j'ai réussi à l'éviter jusqu'à présent.

J'ai toujours su que mon temps était compté. Que cette rencontre entre nous était inévitable.

Même si j'espérais qu'il laisse tomber. Je savais qu'il ne le ferait pas.

Ce n'est pas le genre de Kane Legend.

Il ne lâche rien.

Et il pense que je lui suis redevable de l'erreur que j'ai commise.

Un mouvement derrière moi m'arrache enfin à mon état d'hypnose et je reprends mes esprits.

En refoulant ma nervosité et la boule d'émotion géante coincée dans ma gorge, j'affiche un visage vide d'expression et retrouve mon esprit combatif.

Je suis Scarlett putain de Hunter. Je ne m'incline pas devant des gens comme lui. Peu importe ce dont il m'accuse d'être coupable.

La tête haute, je descends les escaliers et

me dirige vers la cuisine. J'ai besoin d'un autre verre après cet échange.

À mon grand étonnement, il n'apparaît pas et je retourne vers Harley et Sky sans avoir à m'occuper de lui.

Cela dit, je n'ai aucun doute sur le fait que cela fait partie de son plan.

Il veut me faire peur. Me montrer qu'il me surveille pour frapper au bon moment.

Je suis peut-être une Hunter, mais pour le moment, je suis pleinement consciente que je suis sa proie. Je sais aussi que je n'ai aucune chance d'échapper à ses griffes.

En as-tu vraiment envie ?

Je chasse cette pensée de ma tête et affiche un sourire sur mon visage alors que je m'approche des autres.

« Tout va bien ? » Harley me demande à la seconde où elle remarque que je les ai rejoints. Je fais courir mes yeux sur son corps, en remarquant les mains possessives de Kyle sur ses hanches et je souris.

Contrairement à son frère aîné, Kyle est un mec sympa, et ce n'est un secret pour personne qu'il s'intéresse à Harley depuis, enfin... depuis toujours. Mais il était le meilleur ami de notre frère, et Zayn a clairement expliqué ce qui se passerait si l'un de ses amis touchait sa petite sœur. Bien qu'il semble que tout soit possible ce soir. Je me demande si ce serait le cas si Zayn était ici au lieu d'être à Rosewood avec son équipe de foot.

Je plaque un sourire de façade sur mon visage et lui fais un signe de tête. « Bien sûr. Vous avez l'air de bien vous amuser tous les deux. »

Son visage rougit d'embarras mais elle ne fait aucun mouvement pour s'éloigner de Kyle.

En m'éloignant pour leur donner un peu d'intimité, je me retourne vers le gars avec qui je dansais.

« Je croyais que tu m'avais laissé tomber, » dit-il en faisant semblant de geindre.

« Pourquoi aurais-je voulu faire ça ? » Je le regarde à travers mes cils, un sourire séduisant jouant sur mes lèvres alors que je presse mon corps contre le sien.

Je sais que c'est mal de l'utiliser comme ça, mais avec ma peau qui picote en ayant conscience d'être regardée par une certaine paire d'yeux froids, je ne peux pas m'en empêcher.

Il veut me punir, il l'a dit clairement dans le passé, mais ce qu'il ne réalise pas, c'est que je ne suis pas opposée à jouer à ce jeu.

Il me fait peur, oui. Je sais de quoi il est capable.

Mais il ne s'agit pas de ça.

Je ne pense pas.

Je fais rouler mes hanches contre le gars et il suit mon exemple avec enthousiasme.

Je ne fais pas attention à la chanson qui passe. Mon seul objectif est d'avoir son attention.

Je fais un demi-tour sur moi-même, pousse mes fesses contre l'entrejambe du gars et le cherche à travers les masses de têtes qui nous entourent.

Je vois à nouveau les jumeaux. Ezra est avec une pauvre fille adossée au mur. Là, pas de surprise.

J'ai peut-être quitté Harrow Creek à seize ans, mais il était déjà bien en avance pour draguer les filles de première et de terminale.

Ellis se tient à quelques mètres de lui, concentré sur son portable comme s'il n'y avait pas de fête autour de lui. J'aperçois même Devin en train de parler à une foule de fans en adoration.

Mais je ne le trouve pas.

Il peut me voir par contre, et le fait de savoir ça envoie un frisson dans tout mon corps.

Je descends un peu, en faisant glisser mes fesses le long du corps du mec alors qu'il grogne de plaisir.

Sa bite dure s'enfonce dans mes fesses alors que je me frotte contre lui.

« Tu me tues, bébé, » gémit-il à mon oreille, en léchant sa lèvre inférieure alors que sa main géante se plaque sur mon ventre.

Je me sens mal pour ce mec. Il n'a aucune idée que je l'utilise.

Je devrais m'éloigner, le laisser tomber gentiment pour qu'il aille trouver une autre fille avec qui passer sa soirée. Mais je ne peux pas.

Si je le repousse, ce sera comme lancer une invitation à notre spectateur caché.

En fermant les yeux, je repose ma tête sur son épaule et laisse mes pensées dériver.

Pendant l'espace d'un instant, je me sens libre.

Je peux imaginer que les picotements et le désir qui parcourent mon corps sont provoqués par lui.

Je me laisse emporter en pensant que cette soirée pourrait avoir une issue favorable. Que je pourrais m'amuser comme je l'espérais quand j'ai accepté de venir.

Mais je sais que ça n'arrivera pas.

Matt continue aimablement de nous apporter des boissons, et je bois avec avidité toutes celles qu'il me donne.

Ma tête tourne un peu plus à chaque gorgée et la réalité commence bientôt à s'évanouir.

Bien *qu'il* ne s'évanouisse jamais.

Il reste là, où qu'il soit, en m'observant comme un putain de psychopathe.

Peu importe.

Je me retourne vers le gars—Leo, il me semble avoir entendu Matt l'appeler comme ça—et le regarde dans les yeux.

« Je suis tellement content d'être venu ce soir, » marmonne-t-il, ses yeux regardant les miens tour à tour.

« Ah oui ? »

Le verdict quant au fait de savoir si je regrette ou non d'être venue n'étant finalement pas encore tombé. La soirée ne fait que commencer.

« Ouais, mais je dois te dire quelque chose. »

Mon cœur tressaute. Si je découvre qu'il fait partie de la fine équipe de Kane et qu'il joue avec moi, je vais le gifler.

Je me demande brièvement s'il y a quelque chose qui ne va pas chez moi parce que je suis plus préoccupée par ça que par lui, qui est peut-être sur le point de m'avouer qu'il a une nana.

Il se penche vers moi et mon souffle se bloque dans ma gorge alors que le sien chatouille mon oreille et me fait frissonner.

« Je dois aller pisser. »

Je rejette la tête en arrière et ris, la tension qui a momentanément tendu tous mes muscles disparaît immédiatement.

« Vas-y, » je dis en pressant ma main contre son torse.

« Ne t'en va pas, » me prévient-il, ses yeux descendant le long de mon corps.

« Tu parles. » Je lève les yeux au ciel et il rit en s'éloignant.

J'essaie de combattre ce sentiment. Mais à la seconde où il se retourne et est englouti par la foule, je me sens vulnérable.

Je continue à bouger en rythme avec tout le monde autour de moi, mais ils sont tous en couple et je me sens comme une idiote. Je suis sur le point de me frayer un chemin dans la foule pour aller boire un verre quand les lumières s'éteignent et que tout devient silencieux.

Qu'est-ce qu—

À la seconde où un corps se presse contre mon dos, je sais que mon heure est venue.

Mes lèvres s'entrouvrent, prêtes à crier mais je n'ai pas l'occasion d'émettre un seul son car une main géante couvre la moitié de mon visage alors que mes pieds sont soulevés du sol.

Je me débats dans sa prise, en donnant des coups de pied et en agitant mes bras, en espérant que je vais entrer en contact avec lui, lui faire du mal, n'importe quoi, pour qu'il me lâche.

Il navigue hors de la maison comme si

tout l'endroit n'était pas dans l'obscurité. Je vois à peine les gens devant nous, encore moins la sortie, mais cela ne semble pas le déranger.

En quelques secondes seulement, l'air frais de l'extérieur frappe ma peau.

La maison de Sky est à la lisière des bois de Harrow Creek et la pensée qu'il m'emmène dans les ténèbres et me tue me donne un regain d'énergie et je me bats plus fort.

« Tu peux lutter autant que tu le souhaites, Princesse. Je ne te laisserai pas partir. »

Je crie derrière sa main, mes pieds volent en arrière pour tenter de toucher son tibia, mais d'une manière ou d'une autre, il esquive chacune de mes tentatives.

Il continue d'avancer dans l'obscurité, les brindilles craquent sous ses pieds et les feuilles bruissent sous eux à mesure que nous nous enfonçons dans le sous-bois.

Le bruit du tonnerre grondant au loin ne fait qu'ajouter à ma détresse.

Mes pensées sur le temps orageux et le fait que nous risquons d'être trempés sont bientôt interrompues lorsqu'il me plaque contre un arbre.

En état de choc, ma respiration s'accélère alors que la musique résonne à nouveau dans la maison au loin.

Ses doigts se faufilent dans mes cheveux et il tire ma tête sur le côté pour pouvoir me regarder mais je ne peux pas tout à fait le voir.

« Est-ce qu'on fait ça de la manière douce ou de la manière forte ? »

« Va te faire foutre, Kane, » je crache à la seconde où il retire sa main de ma bouche.

Il ne sert à rien de crier ou d'appeler à l'aide.

S'il y a quelqu'un d'autre ici dans les bois avec nous, alors c'est probablement un tueur. Ou pire, la fine équipe de Kane qui fera tout ce qu'il ordonne.

Je ne sais pas si être seule avec lui ou faire partie d'un groupe en ce moment est mieux ou pire.

« Ta gueule, » grogne-t-il, en tirant plus fort sur mes cheveux jusqu'à ce que ça commence à faire mal. « Tu joues à un jeu dangereux, Princesse. »

« Je ne joue à rien, » dis-je innocemment, même si c'est un mensonge. Je savais exactement ce que je faisais avec Leo. Je savais que ça rendrait Kane furieux.

« Bien essayé. Je te connais mieux que ça, Scarlett. » La façon dont il prononce mon nom avec sa voix grave envoie une décharge électrique dans tout mon corps d'une manière telle que Leo serait incapable de produire. Là où son toucher était... agréable, celui de Kane est du feu à l'état pur.

Ça a toujours été comme ça entre nous. C'est pour ça que les choses sont devenues si incontrôlables entre nous.

« Peu importe. J'ai compris le message, je peux repartir maintenant ? »

Le rire qui monte dans sa gorge est diabolique et me rappelle la raison pour laquelle la plupart des gens ont peur de lui.

Et moi ? Je me souviens du garçon avant la colère, avant toute cette haine.

En quelque sorte, revoir ce garçon aux cheveux blonds et aux yeux bleus le rend plus doux à mes yeux.

« Tu es complètement à l'ouest. »

« Tu veux me faire du mal. Punis-moi. Fais-moi payer. Je comprends, Kane. Mais cela ne changera rien. »

« Peut-être pas, » dit-il en faisant un pas vers moi, la longueur de son corps brûlant la peau de mon dos. « Mais ça va me faire me sentir un peu mieux. »

« Fais ce que tu veux, » dis-je avec un soupir résigné.

CHAPITRE QUATRE

Kane

« **F**ais *ce que tu veux.* » Son ton vaincu résonne dans mes oreilles.

Oh putain non.

Un fort coup de tonnerre retentit dans la nuit alors que le bruit de la pluie qui approche devient plus fort.

En l'arrachant de l'arbre, je la fais tourner sur elle-même et la presse contre lui. Elle jette un coup d'œil à la maison, et pendant un bref instant, je me demande si elle est sur le point d'essayer de s'enfuir.

Une partie de moi veut qu'elle essaie.

Je fais courir mes yeux le long de son corps. Sa robe noire moule ses courbes, en les mettant parfaitement en valeur, et en la portant jusqu'ici, j'ai fait dangereusement remonter l'ourlet sur ses cuisses.

J'en ai l'eau à la bouche, ma queue durcit contre ma braguette.

Je remonte par-dessus sa taille fine, ses seins pleins et son cou élancé, mais ce n'est que lorsque j'arrive à ses yeux que je vois le feu auquel je m'attendais.

« Tu me mens, Princesse. »

« Oh ? » Sa tête penche légèrement sur le côté comme si elle était innocente.

Elle n'est pas innocente. C'est bien loin du compte.

Je fais un pas en avant, et la chaleur torride de son corps brûle le mien.

« Tu ne peux pas jouer avec moi, Princesse. C'est moi le chef ici. »

Mes articulations effleurent son flanc et je ne manque pas le hoquet de surprise qui déchire sa gorge alors que je frôle le côté de sa poitrine.

Un sourire satisfait menace de s'étirer sur

mes lèvres en sachant qu'elle est aussi consciente de notre connexion que moi.

Je l'ai toujours senti, putain.

Mon désir de m'attarder sur son corps, de la faire recommencer, est presque trop dur à supporter. Mais je le combats, et à la place je remonte ma main plus haut jusqu'à ce que mes doigts s'enroulent autour de la peau lisse de sa gorge.

Elle déglutit nerveusement sous mon contact mais elle ne montre aucun autre signe de peur en sachant que je pourrais mettre fin à ses jours en quelques secondes.

Cela explique, en partie, pourquoi je suis incapable de rester loin d'elle.

Même après tous les trucs que je lui ai fait subir au fil des années. Elle n'a jamais réagi.

J'en ai envie. J'en crève d'envie, putain.

Elle est dans ma tête depuis le premier jour où j'ai posé les yeux sur elle, et je ne suis rien pour elle. Putain de rien.

Mes doigts se serrent d'énervement alors que notre passé défile dans mon esprit comme un putain de film.

Je pensais que je la détestais quand nous avions quatorze ans.

Mais apparemment, c'était une erreur de jugement passagère parce que je n'étais pas celui pour qui elle laissait tomber sa garde.

Mes dents grincent pendant que nos regards se soutiennent. Le sien défie silencieusement le mien d'une manière qui me tient captif, comme pendant toutes ces dernières années.

« Tu n'es pas la bienvenue ici, » je souffle. « Personne ne veut de toi ici. »

« Tu te trompes. *Tu* es le seul qui ne veut pas de moi ici. Sky, *Leo—* » Elle sourit, en sachant que mentionner son nom va me faire mal et elle veut obtenir une réaction de ma part. Elle ne l'obtiendra pas car tout ce qu'elle aura, c'est ma putain de colère. « Ils me veulent ici. En fait, ils sont probablement en train de me chercher. »

« Sky doit être totalement défoncé à l'heure qu'il est et n'aura même pas remarqué que tu étais partie. Et concernant Leo— » Je crache son nom avec dégoût. Je le connais. Je connais tout le monde dans cette ville et c'est une putain de gonzesse. Il est loin d'être assez bon pour Scarlett Hunter. « Je te fais une faveur. »

« J'en doute sérieusement, » dit-elle en s'énervant. « Passer du temps avec toi n'est jamais une bonne chose. »

Un grognement monte dans ma gorge en entendant ses mots et un sourire se dessine sur ses lèvres.

« Suis-je censée être impressionnée par ce petit numéro pour me faire venir jusqu'ici ? », elle demande avec insolence. « C'est bien de savoir que tu es conscient d'à quel point je te déteste et que je ne serais jamais venue de mon plein gré. »

« Ta gueule, » je crache, mes doigts se serrant alors que les premières gouttelettes de pluie se frayent un chemin à travers les arbres au-dessus de nous et me tombent sur la tête. L'eau froide atterrit sur ma peau en train de surchauffer.

« Si tu veux qu'une fille t'obéisse pendant que tu essaies de la *punir*, alors je peux t'assurer que tu as choisi la mauvaise personne avec qui t'amuser. »

Ma tête tourne alors que je regarde ses

lèvres pleines et rouge foncé pendant qu'elle parle.

« Tu as besoin de moi pour— »

Mon corps bouge sans instruction de mon cerveau et je coupe ses mots avec mes lèvres, en plongeant ma langue dans sa bouche.

Elle ne bouge pas alors que je me presse contre son corps, en la repoussant contre l'arbre.

C'est la première fois que je l'embrasse, et putain, c'est comme toutes les fois où je l'avais imaginé au fil des ans.

« Aïe, putain de— » Je recule, en portant ma main à ma lèvre, et en trouvant une goutte de sang sur mon doigt quand je détache enfin mes yeux de ses yeux meurtriers. « Tu m'as mordu putain, » dis-je sur un ton incrédule.

« Alors, reste loin de moi. »

« Oh, Princesse, je pense que nous savons tous les deux que cela n'arrivera pas. »

Le claquement retentit avant que la douleur ne me frappe. Ma joue brûle sous la force de son coup. Je n'ai aucun doute sur le fait que son empreinte de main brille sur ma peau.

Nos regards se soutiennent. La haine, la

colère et le désir crépitent entre nous alors que la fête continue sans nous au loin.

La pluie se fait plus forte, elle commence à devenir diluvienne, mais nos yeux ne se séparent pas, défiant l'autre de bouger, de passer à l'étape suivante.

Sa poitrine se soulève alors que ma respiration passe à travers mes lèvres.

« Tu vas le regretter, putain, » j'aboie, en me précipitant vers elle.

Elle sursaute de surprise quand j'enroule mes doigts autour de sa gorge une fois de plus, en appliquant plus de pression qu'avant, et je tire sa tête en arrière avec l'autre pour qu'elle n'ait pas d'autre choix que de me regarder.

« Tu es désolée ? »

« Va te faire— »

Je profite au maximum de ses lèvres entrouvertes et pousse ma langue une fois de plus. « Tu vas être désolée, » je marmonne dans sa bouche, mes doigts se resserrant en signe de menace, mais pas assez pour lui couper la respiration.

« Va te faire foutre, Kane. Fuck. You. »

« Oui, Princesse. C'est ce que je pense aussi. »

Elle couine quand je relâche ma prise sur elle et la soulève du sol.

Ses jambes s'enroulent autour de ma taille, même si je n'ai aucun doute que ce n'était pas par choix.

« Embrasse-moi, » je demande, ma voix rauque, plein de désir.

« Non. »

« Je ne me souviens pas que tu aies toujours été aussi têtue. »

« Alors peut-être que tu aurais dû y regarder de plus près. »

« Fais-moi confiance, Princesse. Je n'ai rien fait d'autre que de regarder. »

« Kane, qu'est-ce que tu fous ? », crie-t-elle lorsque je l'arrache de l'arbre et que je nous fais descendre tous les deux au sol, en la faisant tomber dans une flaque d'eau qui grandit rapidement.

La pluie trempe mon t-shirt et mon jean, le tissu colle sur ma peau, mais je le sens à peine alors qu'elle est sous moi.

J'appuie ma paume sur sa poitrine quand elle essaie de se lever, en la repoussant dans la boue.

« Non, » je grogne en écartant davantage

ses jambes et en me penchant sur elle. « Ce n'est pas toi qui décides ici. »

« Kane. » Je suis presque sûr que c'était censé être un avertissement, mais tout ce que j'entends est une supplication.

« Oui, Princesse ? »

« Je te déteste. »

« Pas autant que je te déteste. »

Je tends la main, et mes doigts s'enroulent autour du haut de sa robe et je la tire vers le bas, en déchirant les fines bretelles au passage.

« Qu'est-ce que tu—putain— », gémit-elle à la seconde où j'enroule mes lèvres autour de son téton en suçant fort avant d'y enfoncer mes dents.

Ses hanches se frottent contre moi et j'étouffe le gémissement qui menace de sortir de ma gorge à la sensation d'elle contre ma bite.

« Tu me caches des choses, coquine ? »

« Kane. » Son avertissement aurait peut-être eu l'air un peu plus convaincant s'il n'était pas prononcé entre deux respirations haletantes de désir.

« Ne t'inquiète pas, Princesse. Ta punition ne s'arrête pas là. »

Je m'assois et mes mains se posent sur ses genoux mouillés. Elle me regarde, complètement captivée par ce que je fais, alors que mes doigts glissent le long de ses cuisses, en repoussant les gouttelettes de pluie au fur et à mesure que je descends jusqu'à ce que sa robe soit retroussée autour de sa taille, en exposant son petit string en dentelle noire.

Le bruit de la fête au loin a été englouti par la pluie qui tombe à travers les arbres et imprègne la terre autour de nous.

La seule chose qui compte ici, c'est nous et les éléments. Exactement comme il se doit.

Le froid s'infiltre dans mes genoux et je ne peux qu'imaginer ce que ça fait d'être allongé sur le sol comme Letty.

« Jolie. Mais pas assez pour être épargnée, » je murmure. La dentelle se désagrège pratiquement dans mes mains et je jette le bout de tissu dans la boue.

Dans les yeux de Letty flamboient un mélange de désir et de colère quand je remonte le long de son corps.

Ses cheveux sont trempés, des mèches sont collées sur son visage, et le reste de ses cheveux gisent dans la flaque de boue dans laquelle elle se trouve.

Sa robe est remontée autour de sa taille, ses seins pleins et ses tétons coquins bien en évidence. Ses jambes se sont séparées et sa petite chatte est prête pour moi.

Putain. Elle n'a jamais été aussi belle. Et Letty est toujours magnifique, alors ça veut vraiment dire quelque chose.

« Kane, nous ne pouvons pas— »

Ma main trouve sa gorge une fois de plus et je serre assez fort pour couper ses mots alors que je fais courir les doigts de mon autre main vers son entrejambe. Elle frémit, ses dents s'enfonçant dans sa lèvre inférieure pour s'empêcher de gémir de plaisir.

Mais putain, j'ai envie d'entendre ça.

« Tu es tellement mouillée pour moi, Princesse. N'importe qui penserait que tu as envie de moi. »

« Jamais, » soupire-t-elle alors que je taquine son entrée.

« Je pense que tu me mens encore. Tu aimes la douleur. Tu aimes la punition. Tu aimes les jeux. C'est pour ça qu'il nous a fallu autant de temps pour en arriver là. »

« Non, » crie-t-elle, en secouant sa tête de gauche à droite en plein déni, mais nous connaissons tous les deux la vérité.

Ce moment a tardé à venir.

Ça aurait dû être nous pendant tout ce temps. Mais ce n'était pas le cas.

Elle a gâché ça.

Elle a tout gâché.

CHAPITRE CINQ

Letty

« **N**on, » je crie faiblement alors qu'il enfonce ses doigts en moi.

Oh mon putain de Dieu.

Ma poitrine se soulève alors qu'il me doigte comme un pro. Il trouve ce point sensible en moi presque instantanément qui peut me faire craquer en quelques minutes seulement.

Cela ne devrait pas arriver.

Je l'ai mordu. Je l'ai giflé, bordel.

Il devrait m'arracher les yeux et non pas… non pas…

« Oh mon Dieu, » je halète, le dos cambré dans la boue sous moi.

Je ferme les yeux alors que la pluie s'abat sur moi pour pouvoir me concentrer sur les sensations et tenter d'oublier avec qui je suis.

« Regarde. Moi, » exige-t-il alors que ses doigts ralentissent, en laissant la jouissance vers laquelle je me précipitais disparaître presque complètement.

Mes yeux s'ouvrent et les gouttes de pluie qui s'étaient accrochées à mes cils tombent dans mes yeux et rendent ma vue floue.

Putain, il est trop beau pour être vrai.

Ses cheveux blonds sales tombent sur son front et dans ses yeux, de l'eau dégoulinant des mèches et coulant le long de sa mâchoire carrée. Une mâchoire bien trop belle pour un connard comme lui.

Pourquoi tous les bad boys sont-ils beaux ?

Ses lèvres sont pleines, encore un peu gonflées par notre bref baiser et un peu de sang se trouve encore à l'endroit où j'ai enfoncé mes dents.

Putain, ce que ça m'a fait du bien après toutes ces années passées à être torturée.

Je ne suis pas une personne violente. Au contraire. Mais bon sang, j'ai envie de recommencer. La façon dont ses yeux se sont assombris de choc et de désir. La façon dont sa main tremblait contre moi...

Une bouffée de chaleur inonde mon entrejambe alors que je pense à sa réaction.

« Dis-moi à quoi tu penses, » exige-t-il.

« À te faire du mal, » j'avoue.

Ses yeux clignent plusieurs fois et ses narines se dilatent.

Il s'enfonce plus profondément et mes doigts se serrent avec mon envie d'agripper quelque chose mais je ne réussis pas à l'atteindre. Au lieu de cela, je me retrouve avec de la boue visqueuse dans les mains.

« Oh mon Dieu, » je gémis alors qu'il frotte juste au bon endroit.

« Ne jouis pas, » grogne-t-il, sa voix est si basse et profonde qu'elle me rapproche de ce qu'il vient de m'interdire de faire.

Mais je l'emmerde. Ce n'est pas le chef ici.

« Scarlett, » grogne-t-il à nouveau, en

sentant manifestement mon vagin se resserrer.

« Oh mon Dieu. Oh mon Dieu. »

Ses yeux se plissent en signe d'avertissement, mais même si j'avais le pouvoir de m'arrêter maintenant, je ne le ferais pas.

« Putain de connard, » je crie quand il retire ses doigts à la dernière minute.

« Est-ce que ça t'arrive de faire ce qu'on te dit ? », il crache, mais sa colère a été remplacée par du désir alors qu'il déboutonne son pantalon et le fait descendre assez bas pour faire apparaître sa bite.

Putain.

Mes yeux se fixent sur ce qu'il tient en main. Ma bouche devient sèche.

Putain.

« Tu. As. Tout. Gâché, » crache-t-il à nouveau alors qu'il s'aligne avec mon entrée et se jette en moi d'un mouvement rapide.

« Put— », je souffle, mes mots s'évanouissant lorsqu'il se retire et revient immédiatement sans me laisser une seconde pour m'adapter.

Mais c'est comme ça qu'est Kane. Il a toujours été comme ça.

Il prend ce qu'il veut et s'en fout des conséquences.

C'est une autre raison pour laquelle je suis étonnée que nous ne nous soyons jamais retrouvés dans cette position auparavant. Dieu sait que nous n'en étions pas loin.

« Putain, Princesse. Qui aurait pu imaginer que le diable faisait autant de bien. »

Ses doigts s'enfoncent dans mes hanches alors qu'il écrase nos corps l'un contre l'autre comme s'il essayait d'aller encore plus profond.

Sa prise me fait mal et je sais déjà que je vais arborer la preuve de cette erreur pendant plusieurs jours.

C'est juste ce qu'il me faut. Un souvenir pour quand je serai sobre et saine d'esprit.

Mon dos glisse dans la boue, en aggravant le désastre.

« Tu es tellement serrée, » souffle-t-il, mais je pense qu'il se parle plus à lui-même qu'autre chose.

Ses yeux continuent de regarder les

miens alors que nous bougeons ensemble, synchronisés. C'est comme s'il essayait de laisser une empreinte aussi bien dans mon âme que sur mon corps.

Je mords l'intérieur de mes joues pour ne pas lui dire que ce n'est pas nécessaire. Parce qu'il est dans ma tête depuis des années. Depuis toujours.

Avec ma famille, il a été une autre sorte de repère dans ma vie. J'ai toujours pu compter sur lui pour venir pile au mauvais moment et faire de ma vie un enfer, en me rappelant pourquoi je le détestais tant.

S'il ne me narguait pas en classe parce que j'étais une intello, il lançait des rumeurs disant que j'étais frigide, et quand cela ne marchait pas, il changeait d'angle en disant 'Scarlett est une salope'.

Rien de tout cela n'a marché. Eh bien, pas que j'ai permis à quiconque de le voir.

Quand j'étais seule dans ma chambre le soir à revivre tout ça, c'était une toute autre histoire. Mais j'étais jeune, naïve et facile à manipuler.

Je suis plus vieille maintenant. Plus sage.

Assez forte pour affronter Kane putain de Legend et gagner.

« Oh putain, » je crie, mes pensées s'évanouissant alors qu'il se penche sur moi, en changeant de position.

Son avant-bras atterrit dans la boue à côté de ma tête, de l'eau sale éclaboussant mon visage alors que ses lèvres descendent vers les miennes.

« Tu sais depuis combien de temps j'ai imaginé à quoi cela pourrait ressembler ? »

Je garde les lèvres scellées. Essentiellement parce que je sais que ma réponse serait : 'depuis autant de temps que moi', et je ne veux pas lui laisser imaginer qu'il a toujours été dans mes pensées depuis tout ce temps.

C'est le bad boy. Le genre de mec que les mères interdisent à leurs filles de fréquenter.

Mais je suis comme un papillon de nuit devant une flamme et tant pis si je me brûle les ailes.

Ses lèvres réclament les miennes dans un baiser sauvage et passionné.

Je veux combattre les sentiments qui s'enflamment en moi à chaque assaut de sa langue, mais à chaque seconde qui passe, je me sens tomber de plus en plus sous son charme.

Il lèche ma langue alors que ses doigts se détendent autour de ma gorge, son pouce caresse doucement mon cou et je me demande brièvement s'il est conscient de cette douce caresse alors que chacun de ses contacts précédents a été si brutal.

Je ne peux pas empêcher le gémissement de plaisir qui jaillit de ma gorge quand il m'imite en mordant ma lèvre inférieure.

La morsure de la douleur me pénètre directement, en m'envoyant dangereusement proche de mon orgasme avant que le goût du cuivre ne remplisse ma bouche.

« Je peux rendre bien pire que ce que je reçois, Princesse. Tu ne vas pas gagner. »

Je lève les bras et je le touche pour la première fois. En glissant mes mains sous son t-shirt, j'enfonce mes ongles dans la peau tendue de son dos et je le griffe.

Ses yeux se révulsent de plaisir.

« Putaaaaain. »

Ses va-et-vient deviennent de plus en plus rapides, son baiser devient plus obscène et ses attouchements encore plus fougueux.

L'eau de pluie froide tombe sur ma peau nue, en m'empêchant de brûler alors que ses doigts libèrent ma gorge et glissent entre nous pour pincer mon clitoris, en me faisant crier dans un mélange de douleur et de désir.

Je suis à bout de souffle, mais maintenant je suis capable de respirer librement sans sa prise punitive.

Je mords ma langue alors que mon orgasme commence à venir, en ne voulant pas lui donner la satisfaction de crier son nom, mais en même temps en étant désespérée de le faire, juste pour graver dans mon esprit que c'est avec lui que je suis, qu'il est celui qui me fait me sentir si bien.

Tout est mal là-dedans. Tout.

Et le fait qu'en ce moment je sois en train de glisser dans une flaque de boue, trempée jusqu'aux os, devrait être un signe.

Mais pour le moment, je m'en fiche.

Je me fiche de tout, à part de ce qu'il peut me donner.

Je m'inquiéterai du poids de mon erreur et me noierai dans les regrets demain une fois que la vodka aura disparu de mon organisme et qu'il ne me restera plus que mes souvenirs et les bleus sur mon corps.

« Tu. Vas. Te. Rappeler. De. Ça, » aboie-t-il à chaque poussée. Ses va-et-vient et ses mots me font voler encore plus haut.

« Viens, Scarlett. Donne-moi tout ce que tu as. »

Il s'assied et pince mon clitoris une fois de plus et je perds tout contrôle, en laissant mon orgasme m'envahir petit à petit sans me soucier de ce qu'il se passera ensuite, tout en sachant déjà que ça va être douloureux.

Je veux garder mes yeux rivés sur lui, mais alors qu'une vague intense me submerge, je n'ai pas d'autre choix que de les fermer et de me concentrer sur le plaisir.

Mon dos se cambre, mes muscles tremblent alors que je profite de la seule bonne chose qu'il peut me donner.

« Scarlett, Princesse, putaaaain, » gémit-il et j'ouvre les yeux juste à temps pour le voir rejeter la tête en arrière et rugir une série de jurons alors que son corps se tend et que sa bite convulse violemment en moi.

Au moment où il me regarde, mon souffle se coupe devant l'expression de son visage.

Son masque est bel et bien remis en place et la froideur de ses yeux, la haine pure dans leurs profondeurs, m'envoie un frisson dans tout le corps.

Le froid de la pluie et du sol s'infiltre en moi, malgré le fait que nous soyons toujours connectés, et je me bats contre l'envie de me lever et de m'enfuir aussi vite que mes jambes me porteront.

Nos regards se soutiennent alors qu'un sourire narquois s'étire sur le coin de ses lèvres. Mais il n'y a pas de joie, pas de bonheur après ce que nous venons de faire.

Ce n'est qu'un avertissement.

Une menace pour me dire que ce n'est pas fini.

Que tout cela est sur le point d'empirer.

Il se laisse tomber sur moi et je me force à avaler la boule géante coincée dans ma gorge.

« C'est tout ce que tu mérites, sale pute. » Ses mots sont sur le point de me couper en deux, mais je ne lui accorde pas autant de pouvoir et je me force à ne pas réagir à ses mots tranchants.

« Que— je— » Je bégaie, incapable d'articuler des mots avec son regard haineux qui me brûle. Je crève d'envie de me couvrir, de me cacher de lui, mais je ne peux pas bouger.

« Je t'ai attendue longtemps, Princesse. Si j'avais su que la vengeance aurait un goût aussi sucré, je serais peut-être venu te chercher plus tôt. »

« Kane, s'il te plaît— »

« Non, le temps des supplications est révolu depuis longtemps. Tu as tué mon meilleur ami. Il est temps de payer. »

L'histoire de Letty et Kane continue dans 'La vengeance que tu recherches'

À PROPOS DE L'AUTEUR

Tracy Lorraine est une auteure à succès de romans d'amour contemporain pour New Adults reconnue par USA Today et Amazon.

Tracy vit dans un joli village des Cotswolds en Angleterre avec son mari, sa fille et un adorable, épagneul springer qui est un peu fou. Ayant toujours été une accro aux livres avec la tête plongée dans son Kindle, Tracy a décidé de s'essayer à écrire une histoire qu'elle avait revé et elle n'a jamais regardé en arrière.

Soyez le premier à découvrir les nouveautés et les offres. Inscrivez-vous à sa newsletter ici.

Si vous voulez savoir ce qu' elle fait et voir des teasers et des extraits de ce sur quoi elle travaille, alors vous devez être dans son

groupe Facebook. Rejoignez Tracy's
Angels ici.

Restez à jour avec les livres de Tracy sur
www.tracylorraine.com

Rosewood Boys

Thorn #1

Paine #2

Savage #3

Fierce #4

Hunter #5

Fury #6

Legend #7

Maddison Kings Université

Les erreurs que tu commets #0.5

La vengeance que tu recherches #1

Les mensonges que tu tisses #2

La trahison que tu alimentes #3

La vengeance que tu convoites #4

La destruction que tu désires #5

Les ravages que tu engendres #6

Les représailles que tu exerces #7

9 781914 950490